UM APÓLOGO

Copyright © 2003 do texto: Machado de Assis
Copyright © 2003 das ilustrações: Ana Raquel
Copyright © 2003 da edição: Editora DCL

DIRETOR EDITORIAL	Raul Maia Junior
EDITORA EXECUTIVA	Otacília de Freitas
EDITOR DE LITERATURA	Vitor Maia
COORDENAÇÃO EDITORIAL	Maria Vianna
ASSISTENTE EDITORIAL	Pétula Lemos
ELABORAÇÃO DE GLOSSÁRIO E BIOGRAFIA DE MACHADO DE ASSIS	Eloísa Aragão
REVISÃO	Gislene P. Rodrigues de Oliveira Ana Paula Ribeiro Bruna Baldini de Miranda Christina Lucy Fontes Soares
CAPA E PROJETO GRÁFICO	Ana Raquel
DIAGRAMAÇÃO	Vinicius Rossignol Felipe

Referências iconográficas: Págs. 4 e 5, 6 e 7, 8 e 9, Caricaturas de Ângelo Agostini, fim do século XIX.
Págs. 10 e 11, foto da Rua do Ouvidor, Rio de Janeiro, fim do século XIX / *Casa da Câmara*, litografia de Pedro Godofredo Bertichem, do álbum *Brasil pitoresco e monumental* (1956).
Págs. 12 e 13, *Casamento de D. Pedro e Teresa Cristina em Nápoles*, óleo de Alexandre Ciccarelli, Museu do Império de Petrópolis (RJ). *Maestro Manoel Francisco da Silva e suas enteadas*, óleo de José Correia Lima, Museu de Belas-Artes (RJ).
Pág. 18, charge publicada na revista *Careta* em homenagem a Machado de Assis na semana de sua morte. Charge de Bambino, publicada na *Revista da Semana*, 1905. *A dança no rio*, publicada na revista *Kosmos*, 1905.

Fonte para estabelecimento do texto: "Um Apólogo". *in: Machado de Assis, Obra Completa*. Vol. II. Rio de Janeiro, Nova Aguilar, 1997.

**Texto em conformidade com as novas regras
ortográficas do Acordo da Língua Portuguesa**

**Dados Internacionais de Catalogação na Publicação (CIP)
(Câmara Brasileira do Livro, SP, Brasil)**

Assis, Machado de, 1839-1908.
    Um apólogo / Machado de Assis; ilustrações Ana Raquel. —
São Paulo: Editora DCL, 2003. — (Coleção ciranda de contos)

ISBN 978-85-7338-793-3

    1. Contos – Literatura infantojuvenil I. Raquel, Ana. II. Título.
III. Série.

03-1971	CDD – 028.5

Índices para catálogo sistemático:

1. Contos : Literatura infantil   028.5
2. Contos : Literatura infantojuvenil   028.5

1ª edição

Editora DCL
Av. Marquês de São Vicente, 1619 – 26º andar – CJ. 2612 – Barra Funda
CEP 01139-003 – São Paulo – SP
Tel.: (0xx11) 3932-5222
www.editoradcl.com.br

UM APÓLOGO

MACHADO DE ASSIS

Ilustração: Ananapuel

HOJE
SABBADO 20 DE JUNHO DE 1863

A PRINCEZA DAS CANARIAS
TOMA PARTE TODA A COMPANHIA

Apólogo s.m. (...DA) LIT narrativa em prosa ou verso, ger. ...logada, que encerra uma lição moral, e em que figuram seres inanimados, imaginariamente dotados de palavra (Machado de Assis escreveu Um apólogo, cujos principais personagens são a linha e a agulha). cf. fábula ETIM gr. apólogos, ou 'narrativa detalhada; fábula, apólogo.'
(Dicionário Houaiss da língua portuguesa. Rio de Janeiro, Objetiva, 2001)

DCL

era uma vez uma agulha, que disse a um novelo de linha:
— Por que está você com esse ar, toda cheia de si, toda enrolada, para fingir que vale alguma cousa neste mundo?
— Deixe-me, senhora.
— Que a deixe? Que a deixe, por quê? Porque lhe digo que está com um ar insuportável? Repito que sim, e falarei sempre que me der na cabeça.

— Que cabeça, senhora? A senhora não é alfinete, é agulha. Agulha não tem cabeça. Que lhe importa o meu ar? Cada qual tem o ar que Deus lhe deu. Importe-se com a sua vida e deixe a dos outros.

— Mas você é orgulhosa.

— Decerto que sou.

— Mas por quê?

— É boa! Porque coso. Então os vestidos e enfeites de nossa ama, quem é que os cose, senão eu?

— Você? Esta agora é melhor. Você é que os cose? Você ignora que quem os cose sou eu, e muito eu?

— Você fura o pano, nada mais; eu é que coso, prendo um pedaço ao outro, dou feição aos babados...

— Sim, mas que vale isso? Eu é que furo o pano, vou adiante, puxando por você, que vem atrás, obedecendo ao que eu faço e mando...

— Também os batedores vão adiante do imperador.

— Você imperador?

— Não digo isso. Mas a verdade é que você faz um papel subalterno, indo adiante; vai só mostrando o caminho, vai fazendo o trabalho obscuro e ínfimo. Eu é que prendo, ligo, ajunto...

largo fofo de filó de seda branca assenta sobre a barra de uma
dedos, dois fofos de menores dimensões a proporção que sobem, o r
tinhas enviezadas, rosinhas semi-abertas, contornadas por folha
e fechado no meio por um ramalhete de rosas; as mangas curtas
Ata-se à cintura, sem cingi-lo uma fita   e larga matiza

O seu   no desagrado das senhoras   um c
O conselho não é   não é sequer respeitoso, mas é econômico, e por es
necessidade que dinh   economia é a primeira das virtudes.
Vá lá o conselho.   me haverá algumas que me perdoem (...) Fora c
mandai tecer a simples arazóia, feita de finas pluma   dai-a à
Podeis trazer um cola   cocar de penas e

— A SEMANA — MACHADO DE ASSIS. 5/1/1896

Estavam nisto, quando a costureira chegou à casa da baronesa. Não sei se disse que isto se passava em casa de uma baronesa, que tinha a modista ao pé de si, para não andar atrás dela. Chegou a costureira, pegou do pano, pegou da agulha, pegou da linha, enfiou a linha na agulha, e entrou a coser. Uma e outra iam andando orgulhosas, pelo pano adiante, que era a melhor das sedas, entre os dedos da costureira, ágeis como os galgos de Diana – para dar a isto uma cor poética. E dizia a agulha:

— Então senhora linha, ainda teima no que dizia há pouco? Não repara que esta distinta costureira só se importa comigo; eu é que vou aqui entre os dedos dela, unidinha a eles, furando abaixo e acima...

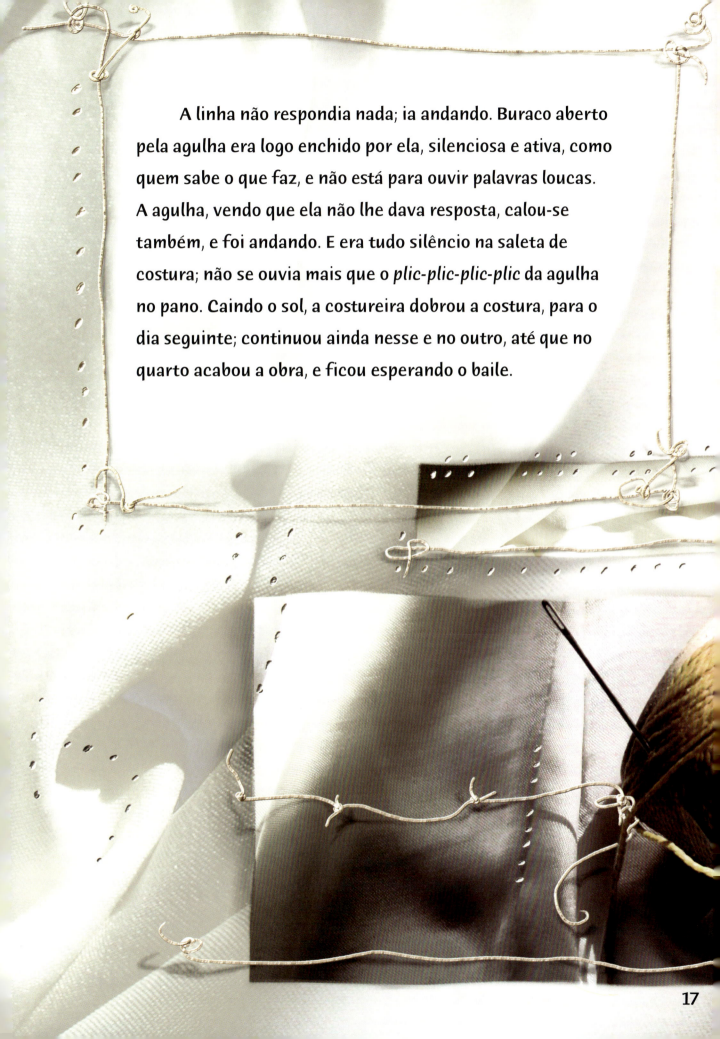

A linha não respondia nada; ia andando. Buraco aberto pela agulha era logo enchido por ela, silenciosa e ativa, como quem sabe o que faz, e não está para ouvir palavras loucas. A agulha, vendo que ela não lhe dava resposta, calou-se também, e foi andando. E era tudo silêncio na saleta de costura; não se ouvia mais que o *plic-plic-plic-plic* da agulha no pano. Caindo o sol, a costureira dobrou a costura, para o dia seguinte; continuou ainda nesse e no outro, até que no quarto acabou a obra, e ficou esperando o baile.

Veio a noite do baile, e a baronesa vestiu-se. A costureira, que a ajudou a vestir-se, levava a agulha espetada no corpinho, para dar algum ponto necessário. E enquanto compunha o vestido da bela dama, e puxava a um lado ou outro, arregaçava daqui ou dali, alisando, abotoando, acolchetando, a linha, para mofar da agulha, perguntou-lhe:

— Ora, agora, diga-me, quem é que vai ao baile, no corpo da baronesa, fazendo parte do vestido e da elegância? Quem é que vai dançar com ministros e diplomatas, enquanto você volta para a caixinha da costureira, antes de ir para o balaio das mucamas? Vamos, diga lá.

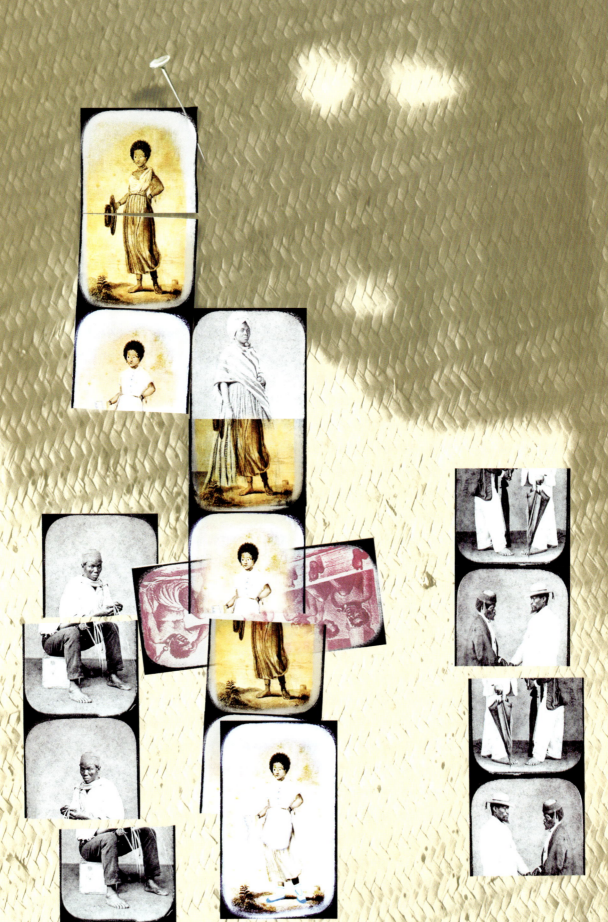

Parece que a agulha não disse nada; mas um alfinete, de cabeça grande e não menor experiência, murmurou à pobre agulha: – Anda, aprende, tola. Cansas-te em abrir caminho para ela e ela é que vai gozar da vida, enquanto aí ficas na caixinha de costura. Faze como eu, que não abro caminho para ninguém. Onde me espetam, fico.

Contei esta história a um professor de melancolia, que me disse, abanando a cabeça: – Também eu tenho servido de agulha a muita linha ordinária!

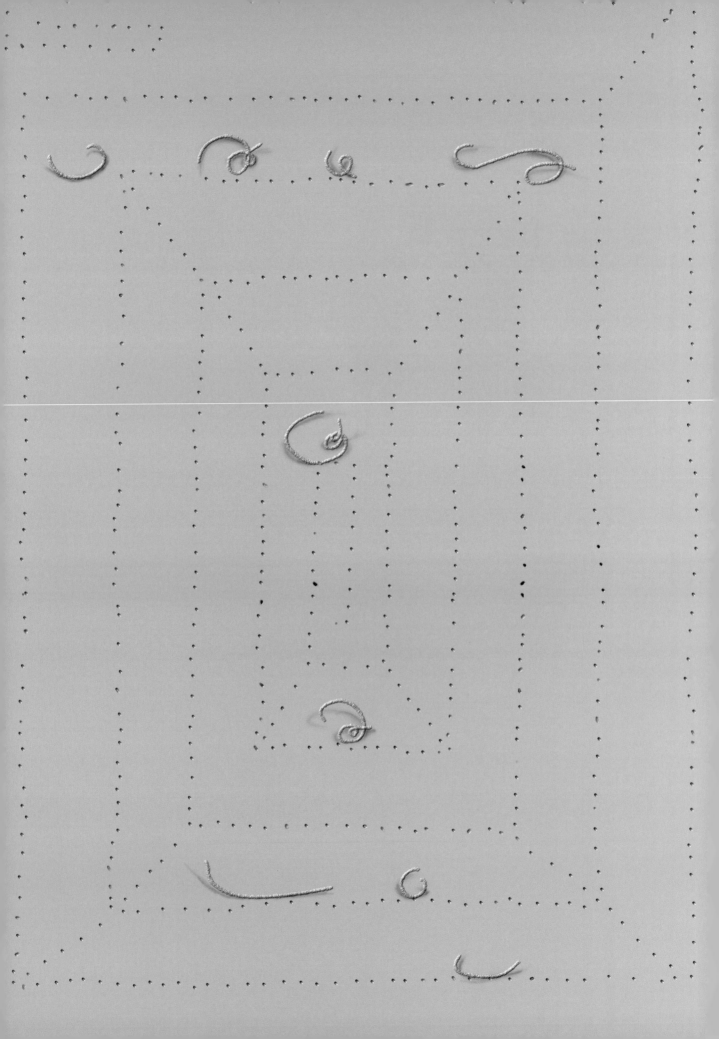

Glossário

Acolchetar:

unir com colchetes, que são pequenas peças de metal para prender uma parte da roupa a outra. Também recebe o nome de *colchetes* estes sinais de pontuação: [ ].

Ama:

patroa, mulher que dispõe do serviço de criados ou de empregados. No Brasil, era uma forma muito usada até a abolição da escravatura (1888). Nessa época, os escravos tinham de chamar suas donas de ama como forma de respeito. Algumas escravas eram escolhidas para ajudar suas amas a se embelezar para reuniões e festas.

Apólogo:

conto ou história em que existe o objetivo de mostrar uma moral ao leitor. Em geral, as personagens de um apólogo são seres que não têm vida real (como a agulha e a linha, no caso deste livro).

BALAIO:
é o mesmo que cesto. Pode ser feito de vários materiais, como, por exemplo, de cipó, de palha ou de bambu.

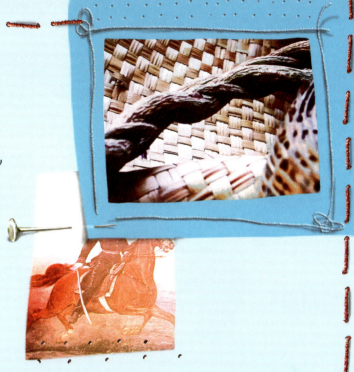

BATEDOR:
guarda que caminha em grupo à frente de autoridades para dar-lhes proteção, como na época do Império brasileiro (1822-1889). Isso acontece geralmente em comemorações e desfiles públicos. Atualmente, é comum os batedores fazerem esse trabalho usando motocicletas ou montados a cavalo.

CHEIA DE SI:
pessoa que é orgulhosa, vaidosa. Há também outros sentidos, como o de querer dizer que alguém é convencido. Também é característica de quem quer mostrar que é superior em suas qualidades.

Revista *Franco-Luso*, ano VIII, Paris, 10/8/1900.

Compor:
fazer, construir. Igualmente, tem o significado de criar alguma coisa com certa ordem e harmonia.

Coser:
costurar, juntar com pontos de agulha uma roupa ou outra peça. Hoje em dia é pouco comum o uso deste verbo. Quando a palavra é escrita com z (cozer), tem o significado de cozinhar.

Fotografia de Luciano Saraiva

Diana:
para os antigos romanos, era a deusa da lua e da caça. Por ser caçadora, Diana tinha muitos galgos. Em geral, ela era representada ao lado de um veado ou de um galgo. Tinha também diversas ajudantes, as ninfas, que realizavam serviços variados. Na Grécia antiga, a deusa recebia o nome de Ártemis.

Retrato de D. Pedro II. Óleo sobre tela, de Batista da Costa.

Distinto:
é o mesmo que elegante, gentil. Ainda tem o significado de se destacar entre as pessoas, de não ser confundido por ter qualidades especiais.

Caricatura de D. Pedro II. Obra de Rafael Bordalo Pinheiro, 1890.

ESTAR COM UM AR:

estar de um jeito, comportar-se de certa maneira, ter aparência de. É comum usar a expressão tanto em sentido negativo quanto positivo. Exemplos: Pedro estava com um ar preocupado quando saiu da escola. Marina está com um ar tranquilo.

Foto da Princesa Isabel Cristina, de Victor Frond.

FEIÇÃO:

jeito, forma, modo, maneira, aparência. Também existe um significado que quer dizer ter bom humor, ter boa disposição. Exemplo: Sandra sarou e está com ótima feição.

GALGO:

cão de pernas altas, magro, de focinho comprido e muito rápido. Normalmente, é usado na caça às lebres.

GOZAR:

quer dizer aproveitar alguma coisa ou algum momento. Igualmente, tem o significado de divertir-se, desfrutar alguma situação.

Caricatura de D. Pedro II, de Ângelo Agostini – Revista Ilustrada, 1884.

ÍNFIMO:

sem importância, algo que não se pode dar valor. Também tem o significado de muito pequeno, o mais baixo.

MELANCOLIA:

estado de tristeza persistente. Normalmente, quando se diz que uma pessoa é melancólica não é porque ela está triste por um momento. É porque ela sempre está de um jeito triste.

MODISTA:

pessoa que trabalha na criação de roupas para mulheres e crianças.

MOFAR:

é o mesmo que zombar, caçoar, mostrar desprezo a alguém. Existe também o significado de uma expressão de gíria: tirar sarro.

Mucama:

geralmente uma escrava jovem, escolhida para fazer serviços da casa ou acompanhar pessoas em viagens. Também podia ser a escrava que tinha o dever de ser ama de leite, isto é, amamentar filhos de mulheres brancas e ricas.

Obscuro:

é o mesmo que pouco reconhecido. Também pode ter o significado de humilde, simples, que não está claro.

Ordinária:

comum, medíocre. Também existe um significado que quer dizer que é alguém que não tem bastante talento ou qualidade para ser reconhecido pelas pessoas.

Papel subalterno:

fazer atividade de menor importância, em geral sob ordens de alguém. Realizar tarefa mandada por um chefe ou superior.

29

Joaquim Maria Machado de Assis, autor deste conto, nasceu no Rio de Janeiro, em 1839.

Vindo de uma família pobre e de pais mestiços, Machado de Assis passou por dificuldades para estudar. Naquela época, negros e mestiços, mesmo sendo livres, eram tratados de forma diferente dos brancos.

A mãe de Machado, D. Maria Leopoldina Machado de Assis, morreu quando ele tinha dez anos. Então seu pai, Sr. Francisco José de Assis, casou-se com Maria Inês. Foi ela quem alfabetizou Machado.

Aos 12 anos, com a morte de seu pai, o menino começou a ajudar a madrasta vendendo os doces e as balas que ela preparava.

Dona Maria José de Mendonça Barroso, sua madrinha, o apoiou bastante nos estudos. Era na chácara dessa senhora rica que a família de Machado morava. O menino também foi incentivado por Madame Gallot, dona de uma padaria em que Machado de Assis trabalhou e pôde aprender francês com um padeiro.

Aos 16 anos, publicou seu primeiro trabalho: o poema "Ela", na revista *Marmota Fluminense*. Um ano depois, entrou na Imprensa Nacional como tipógrafo e, posteriormente, tornou-se revisor. A partir daí, iniciou intensa vida como escritor e em outras atividades ligadas à escrita.

Em 1869, casou-se com Carolina Augusta Xavier de Novais, uma mulher culta que lhe mostrou livros de alguns autores estrangeiros. O casal não teve filhos.

Machado de Assis faleceu aos 69 anos, no Rio de Janeiro. Sua obra é uma das mais preciosas da literatura brasileira.

Foto: Luciano Saraiva

Prezado Machado,
Bons dias, ou melhor, bons fluidos eternos.
Como de praxe, a editora me pediu um texto autobiográfico e me meteu num sufoco[1]: agora, além de parceiros, somos vizinhos de página. Quanta honra para uma ilustradora que na adolescência, por sinal vivida numa época conturbada, os anos 60, curtiu tanto seus livros. Confesso ter fugido deles enquanto pude, para depois me arrepender. Foi quando li "Um Apólogo", delícia que alimentou a veia crítica que tenho por puro atavismo. Meu pai é quem gostava de usar esse termo, quando repetíamos um gesto dele, que repetiu o pai, que repetiu o pai do pai do pai...

Agora, depois de 22 anos ilustrando, tenho a honra de poder juntar meu trabalho ao seu, justamente neste livro. E sem falar no desplante de tratá-lo por você! Desculpe-me, não consigo ser formal.

Você conheceu alguma ilustradora? Consta que mulheres de 1800, no máximo, podiam costurar pra[2] fora para se sustentar, como a modista da baronesa. Ainda bem que fui nascer em 1950; posso trabalhar com o que quiser. E só quero isso: inventar histórias com imagens.

Ah, se fôssemos falar de tudo o que mudou desde que o século XX cortou os freios do tempo, faríamos uma ladainha. Até nossa língua-pátria mudou pra não morrer.

Bem, já azucrinei demais você, meu amigo, e nossos leitores.

Despeço-me, mas voltarei, espero, em quantas imagens houver para viajarmos.

Abraços etéreos,
Ana Raquel.

[1] sufoco: o mesmo que aperto, situação difícil.
[2] pra: corruptela de para, usada na linguagem coloquial e escrita informal.

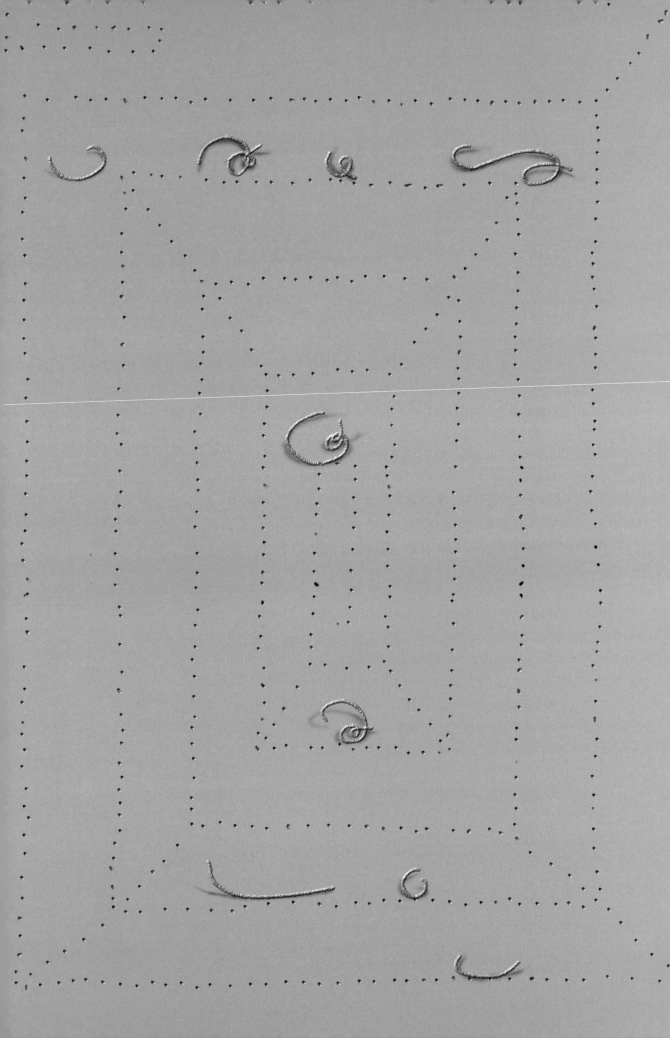